RETROUVEZ

titeuf

DANS LA BIBLIOTHÈQUE ROSE

c'est pô une vie...

même pô mal...

c'est pô croyab'

c'est pô malin...

pourquoi moi ?

les filles, c'est nul...

tchô, la planète !

le préau atomique

ZEP

titeuf

le préau atomique

Adaptation : Shirley Anguerrand

HACHETTE

1

J'aime bien quand papa m'emmène au ciné. Surtout quand le film parle d'un type super classe qui a plein d'aventures méga dangereuses et à qui il arrive des trucs super comme presque mourir.

Le film qu'on est allés voir avec papa cette fois-ci était dans ce genre-là. Moi j'ai adoré. Papa aussi. En sortant du ciné, il a pô arrêté de dire que c'était excellent, la scène où ils sautent du pont. Moi j'ai pô trop aimé cette scène-là parce qu'il y a la fille dedans. C'est la même fille qui fait des bisous sexuels avec le héros un peu plus tard dans le film. J'ai demandé à papa s'ils faisaient des trucs comme ça avec maman. Papa avait l'air de rien comprendre du tout. J'ai été obligé de lui expliquer.

Comme la réponse de papa ressemblait pô du tout à ce qu'ils se disaient dans le film, j'ai demandé à papa s'il n'aimait plus maman. Papa a dit non mais il était tout rouge comme quand on à la honte parce que tout le monde vous regarde. Et c'est vrai que tout le monde nous regardait dans le bus avec un air d'écouter ce qu'on disait...

Sur le chemin pour rentrer à la maison j'ai continué à poser des questions à papa et il a continué à presque pas répondre. Papa a fini par me dire qu'il en avait marre. Il avait l'air assez furax. Quand on est arrivés, maman nous a ouvert la porte et m'a demandé si j'avais aimé le film. Alors je lui en ai parlé...

Maman a eu l'air brusquement très en colère contre papa. Et papa contre moi comme si j'y étais pour quelque chose que maman lui en veuille.

Bref, en tout cas, les parents ont brusquement décidé de tout bousiller l'ambiance de la soirée.

2

Moi, ce que je voulais offrir à Nadia, c'était un super beau cadeau. Et un super beau cadeau, c'est un super gros cadeau. Maman m'a dit de prendre un livre ou une boîte de chocolats. Je suis allé dans le rayon des bonbons et j'ai trouvé une petite boîte de chocolats « au goût sauvage » comme c'était écrit sur l'emballage. J'en ai pris une pour Nadia et c'était réglé. Comme ça j'avais le temps de passer voir les game boy.

Mais en avançant dans le supermarché, je me disais que mon cadeau correspondait pô du tout à mon idée du super beau cadeau...

... et puis, les chocolats, c'est des cadeaux pour les mémés.

Alors j'ai pensé « tant pis pour les game boy » et j'ai cherché un cadeau mieux pour Nadia. Au bout de l'allée, ils vendaient les biscuits « Secos » par paquets de 4 boîtes. C'était un peu moins chic que les chocolats, mais quand même, ça ressemblait plus à un beau cadeau.

J'étais vraiment hyper décidé à prendre les biscuits, et c'est quand je revenais vers maman qui m'attendait à la caisse que j'ai vu les barils de lessives ÉNORMES et vendus par deux (en plus !). Alors là, on pouvait dire que je me rapprochais comme une fusée de la notion de super hyper beau cadeau.

Cette fois-ci, j'étais sûr que c'était la bonne, et PAF ! je tombe sur le giga carton de 24 boîtes de cassoulet ! On aurait pu penser que c'était fini, ben pô du tout. J'ai trouvé LE cadeau au rayon juste à côté.

3

La maîtresse fait souvent ça : elle nous apprend des trucs, et, longtemps après, elle nous pose des questions exactement sur ce qu'elle nous a appris comme si elle voulait nous piéger pour voir si on écoute en classe.

La leçon d'histoire sur la révolution française, c'était pô super rigolo et, d'habitude, quand la maîtresse nous interroge, moi je me fais le plus petit possible pour qu'elle oublie de me voir et c'est un chouchou genre Dumbo qui répond...
... mais pas cette fois !

J'ai continué à répondre à toutes les questions de la maîtresse. Elle a eu l'air d'être assez surprise mais contente quand même. Elle a même dit que je m'améliorais depuis qu'elle m'avait changé de place. Elle trouvait même que je laissais pô assez répondre mes camarades.

Sa question difficile, c'était : « Qui gouvernait le pays à la place du Roi pendant la révolution ? » C'était trop difficile, et moi il fallait que je réponde vite, en tout cas avant Jean-Claude, c'était une question de vie ou de mort. Mais j'ai pô pu...

L'Assemblée nationale ! Pourquoi je m'en suis pas souvenu de cette Assemblée de la pourriture du slip ? ! J'aurais pu éviter la catastrophe !

4
L'INSPECTION

La maîtresse était drôlement flippée de l'arrivée de l'Inspection. Elle nous a fait réviser à toute vitesse la leçon d'anatomie en nous redemandant des tonnes de fois les noms des organes du corps humain. On commençait à les savoir...

Tout à coup la porte de la classe s'est ouverte et un type hyper moche est entré. La maîtresse s'est mise à transpirer comme si elle avait la trouille des chocottes de sa vie.

Elle avait tellement peur du type moche qu'on aurait dit que c'était son prof et qu'il allait lui demander d'aller au tableau.

Finalement il a plutôt fait venir un élève pour l'interroger sur les organes. Et c'est moi qui ai été choisi comme de pô de bol. Il a voulu savoir si je reconnaissais les poumons, l'estomac, le foie et moi j'ai tout répondu bon.

Il a même posé d'autres questions d'organes hyper pointues et j'ai encore eu bon.

À la fin, il a dit que je connaissais bien le corps humain et que c'était vraiment très bien.

La maîtresse (qui avait bien transpiré que ça soit moi qui sois interrogé par l'Inspection) commençait à se détendre, et elle faisait une espèce de tronche comme si elle souriait.

Et le type moche m'a dit au revoir en me félicitant encore...

Je sais pô ce qu'ils attendaient que je dise, mais apparemment y'a eu un truc qui a cloché et je me suis retrouvé avec un mot aux parents et une punition. Alors que, les organes du corps, je les connaissais tous...

5

Je vous ai jamais raconté comment Jean-Claude est devenu un T.rex ? Alors voilà : une fois, Hugo est venu me voir, méga excité, comme quand il veut faire un coup pourri à quelqu'un.

Il m'a fait traverser le préau et moi je voulais savoir où il m'emmenait comme ça. En fait, je me demandais si c'était pô à moi qu'il voulait faire un coup pourri. Avec Hugo, on sait jamais... mais il m'a dit : « Tu vas voir... C'est avec Jean-Claude », alors ça allait.

On s'est approchés de Jean-Claude et Hugo lui a demandé : « Alors, Jean-Claude, ça s'est passé comment chez le dentiste ? »

Jean-Claude avait un appareil !

Il bafouillait, c'était tordant !
J'étais tellement plié que j'ai
appelé Manu pour lui montrer...

Pour que ça soit drôle, il fallait que Jean-Claude parle, évidemment. Mais ce moisi du zizi en métal a rien dit du tout...

C'était pô du tout comme ça que la blague était prévue et j'ai bien senti que j'allais finir chez le dentiste moi aussi... avec en prime les cotons de la honte

dans les narines. Merci, Hugo,
pour ses blagues pourrites qui
marchent que quand c'est lui
qui les fait.

6

Les filles, je sais pô pourquoi,
elles dessinent tout le temps
des chevaux sur la plage. Moi je
trouve ça méga nul, mais comme les filles sont des méga
grosses nulles, ça va. Moi, ce

que j'aime dessiner, c'est Lucky Luke. Donc j'ai dessiné Lucky Luke cette fois-là aussi. Et quand la maîtresse est venue m'épier dans le dos en me demandant ce que je dessinais, j'ai répondu « Lucky Luke ». À sa réaction, j'ai bien senti ce qu'elle en pensait...

Elle a pris son air agacé (comme quand ça fait dix fois qu'elle répète parce qu'il y en a qui écoutent pas au fond) et elle a dit : « Quel est le rapport avec tes rêves ? » et j'ai dit : « J'dessine Lucky Luke. »

Mais elle a pô voulu de ma réponse et elle a insisté.

Alors elle a dit que j'avais fait un Lucky Luke pour le thème des vacances, un pour celui de l'animal favori, un pour le thème du cirque et aussi pour Noël... mais j'ai continué à faire mon Lucky Luke. À sa réaction, j'ai bien senti qu'elle pensait encore pire que tout à l'heure...

Elle a fini par se péter les nerfs en me criant après qu'elle revenait dans une demi-heure et qu'elle voulait plus voir de Lucky Luke. Elle a ajouté « COMPRIS ?! » d'un air de vouloir me taper comme si elle commandait... Alors j'ai refait un dessin sans Lucky Luke...

7

Les adultes, des fois, j'ai l'impression qu'ils ont qu'une seule cellule dans le morceau du cerveau réservé aux réponses. Dès qu'on leur demande d'expliquer un truc, ils répondent toujours qu'on comprendra quand on sera grand. Parfois je me demande si c'est pô des mensonges pour se débarrasser de nous. Comme s'ils voulaient pas répondre parce qu'ils ont des trucs plus importants à faire ou pire : comme s'ils faisaient semblant de connaître la réponse alors qu'en fait, ils en savent RIEN DU TOUT.

La maîtresse, qui dit tout le temps que c'est important la politique, elle veut quand même jamais nous expliquer ce que c'est un avortement. Même mémé, l'autre jour, dans le bus, elle m'a dit que j'étais trop petit pour comprendre pourquoi elle pouvait enlever ses dents. Et même pépé.

Je me suis dit que j'avais une famille et une maîtresse super pénibles et que c'était vraiment pô le bol.

Alors pour vérifier si ma famille c'est tout des menteurs, j'ai posé les questions qui m'envahissent la curiosité à d'autres types qui sont ni ma maîtresse ni la famille.

Mêmes réponses : faut voir quand je serai plus grand, je comprendrai plus tard, je suis trop petit pour comprendre, j'apprendrai ces choses dans quelques années... Et ça me fait beaucoup beaucoup du souci.

8

Les parents, ils ont vraiment pô de pitié le matin. Nous réveiller, comme ça, si tôt, alors que le soleil est même pas entré dans la chambre c'est presque du maltraitage des enfants en détresse. Surtout quand il y a des matins où même quand on se réveille, on se réveille quand même pas. Ces jours-là, j'ai carrément l'impression que je suis le bonhomme en pâte à modeler de mon jeu « Patolo modèle à gogo ». Même mon T.shirt pèse comme si on l'avait rempli de métal-chrome bio-nickel. Je vous parle pô du petit déjeuner...

... ni du goût hyper fort du dentifrice qui pique mais qui réveille pas, du bras qui a pas la force de tenir la brosse (alors tu parles comme c'est dur de la passer dans les cheveux), des lacets de baskets pourris qui savent plus faire les nœuds... Et de l'épreuve de préparation du cartable...

Les matins comme ça, c'est la torture comme dans le film de guerre sur les Américains qui partent à la guerre et qui sautent sur des mines et qui se font prendre par les ennemis...

Des matins comme ça, je vois tout noir tellement j'ai ni envie de me lever ni de me réveiller. Et puis je croise Manu...

Alors on prend ensemble le chemin pour l'école. Moi je suis pô d'humeur à rien et il fait nul et je veux presque rentrer chez moi. C'est dans ces moments-là que Manu sort par exemple un petit sachet de sa poche en disant : « J'ai du poil à gratter pour foutre dans le slip de Ramon. »

9

On voyait bien que la derniè-
re heure de Jean-Claude était
arrivée. Damien l'avait presque
presque presque rattrapé.

Jean-Claude était rouge et il
soufflait fort tellement il voulait
pas se faire choper. Le pauvre,
avec le poids de tout son métal

de la bouche, il avait un méga désavantage sur Damien.

Pour finir, Damien lui a mis une grande claque sur l'épaule en criant « T'es eu ! »

Après un petit moment pour récupérer tout ce qu'il s'était essoufflé en courant, Jean-Claude a cherché une victime à chasser et ça a été moi...

Mais on m'attrape pas comme ça je vous ferai dire ! Et comme moi j'avais pô le métal qui me ralentit des dents, j'ai pu traverser la cour en évitant même les postillons de Jean-Claude qui braillait derrière moi : « Ffft'attffraperai ! »

Et puis, hop ! J'ai sauté le muret ! Et de l'autre côté :

Ça ! Y'a rien qui m'énerve plus que les types qui jouent alors que c'est pas à eux de jouer.

J'ai dit à Hugo que j'étais pô eu du tout parce que c'était Jean-Claude qui donnait et pas lui. Il m'a regardé depuis son col roulé comme si j'étais un sale tricheur et il a dit :

« Ça y est... Y'en a qui trichent... »

C'était tout faux et je lui ai dit : « C'est pô vrai ! Si tu le passes, tu l'as plus ! » Hugo a dit que si, que Manu aussi du coup il l'avait encore parce qu'il s'était fait eu juste avant par Damien qui l'avait déjà aussi...

10

Hugo a soufflé dans le truc avant de répondre. Le truc s'est gonflé et ça a fait comme un ballon rose. Alors Hugo a dit : « C'est un préservatif. »

Je lui ai demandé à quoi ça

servait son préservatif rose. Et il me répond avec son air qui sait tout : « Ça sert à quoi ? Ça sert que si tu l'as pas, t'attrapes le sida ! » QUOI ??!!? Et moi qui en avais pô ! J'en avais même jamais eu ! J'ai voulu savoir où Hugo avait eu le sien et il m'a dit que son frère lui avait donné.

Il me le fallait. Parce que sinon c'était hyper grave.

Ce pourri du slip d'Hugo m'a laissé le supplier à genoux pendant la moitié de la récré.

À la fin, j'en avais marre et je lui ai proposé de lui échanger contre mes billes. Il a bien voulu alors j'ai pris le préservatif et j'ai couru dans tout le préau en criant que j'étais sauvé. Et j'ai pas vu la balle sous mon pied...

Je me suis fait hyper mal et le préservatif m'a échappé des mains. Cette nouille d'Hugo avait même pô fait de nœud pour le fermer, du coup, mon préservatif a lâché tout son air et il est parti à travers le préau avec un bruit de prout nul.

Le malheur c'est qu'il est passé là où il fallait surtout pas...

C'était dégueulasse et j'allais rentrer chez moi et j'allais tout raconter à mon papa et ça serait bien fait.

11

C'était soi-disant de ma faute
si on s'était fait voler la voiture... Tout ça parce que j'avais
demandé à papa qu'on s'arrête
très vite pour que j'aille faire
pipi. C'est pendant qu'il
m'accompagnait que les voleurs
avaient piqué la voiture. Papa

était surtout furieux parce qu'au moment de faire pipi j'avais plus eu envie. C'est comme ça qu'on s'est retrouvés dans la voiture des policiers pour aller enquêter contre ces nazes de voleurs du slip. Moi, je trouvais ça géant. C'est moi qui ai donné les indices aux policiers pour qu'on puisse faire l'enquête.

Papa avait l'air de bouder alors que c'était méga cool comme à la télé.

Le policier m'a dit que notre voiture avait peut-être déjà été repeinte en bleu.

Quand on est arrivés au commissariat, papa est entré avec

les policiers. Moi, ils m'ont dit d'attendre et qu'ils nous raccompagneraient chez nous après.

Pour m'occuper, j'ai bien fait avancer l'enquête. Et puis papa et les policiers sont revenus...

Mes indices étaient super effi-
caces mais j'ai bien senti qu'ils
étaient pô contents que j'aie
enquêté à leur place parce que
c'étaient des jaloux...

12

C'est vrai que les poubelles, avec tous les trucs qu'on met dedans, elles sont hyper lourdes. En plus, même vides, elles pèsent vachement à cause qu'elles sont en turbo-métal anti-déchets nucléaires.

Alors, la pauvre concierge,

avec son âge et tout ça qui allait pô dans son corps qu'est trop vieux, elle avait du mal à porter.

Moi j'ai voulu lui montrer que je savais plein des trucs sur la médecine et je lui ai demandé si elle avait la ménopause.

Vu sur quel ton elle a pris ma question, c'est que c'était vrai.

Je suis sorti du préau avec la tête tout assommée. Je me tenais la joue encore méga chaude de la baffe. Y'a même une dame avec un gros ventre qui m'a dit que j'en faisais une drôle de tête et elle m'a demandé si c'était parce que je me demandais ce qu'il pouvait bien y avoir dans son gros ventre.

MAIS NAN ... J'SAIS BIEN QU'ON VOUS A ENFILÉ UN PÉNIS AVEC DES MILLIONS DE SPERMATOZOÏDES ...

Ben je vais vous dire : y'a que la vérité qui blesse, parce que la grosse avec tous ses spermatozoïdes dans le ventre, elle a pô non plus aimé que j'aie tout compris pour le pénis et tout ça.

Heureusement, elle a pô refrappé la même joue que la vieille avec sa ménopause. Comme ça j'avais les deux joues à la même chaleur. N'empêche que le prochain qui dit que d'apprendre des tas de trucs, ça aide beaucoup dans la vie, je lui rends en une fois les deux baffes que je me suis prises.

13

Quand Manu prend cet air d'avoir trouvé un truc méga incroyab', c'est qu'il a des choses du zizi sexuel ou un truc pareil.

Comme j'aime pô trop attendre, j'ai demandé à Manu

ce qu'il se passait avec le grand frère à François et sa copine.

Et Manu me répond qu'il est en train de lui rouler une pelle ! **LUI ROULER UNE PELLE !**

Tout de suite, j'ai imaginé ce que je ferais s'il arrivait un truc comme ça à Nadia...

Je voyais de toute façon qu'une solution, ce serait d'aller la sauver du pôv' naze et sa pelle pourrite...

Et peut-être même qu'après, Nadia m'embrasserait...

Bref, j'étais dans mon rêve que j'éclatais la tronche à coups de pelle à l'autre dégénéré du slip quand Manu m'a sorti de mon trip.

On est allés voir comment il faisait, le grand frère à François, et j'ai été méga étonné...

Heureusement que j'ai appris ça avant de me taper la honte avec Nadia...

Papa était tout emballé par la nature comme elle était belle et comme on respirait. Comme dirait la maîtresse, il était méga bucolique. J'ai retenu parce que ce mot, il me fait méga marrer à cause qu'il y a « colique » dedans.

Bref, papa s'épatait que des

coins comme ça y'en avait presque plus, qu'il y en avait vachement plus quand papa avait mon âge et que maintenant c'était tout des parkings et des supermarchés. Et puis il m'a raconté que ses potes et lui venaient avec leurs petites copines et qu'ils effeuillaient des marguerites pour voir si elles étaient amoureuses.

Et puis papa a balancé la queue de sa marguerite et il est reparti dans son trip bucolique en sautillant comme un débile. Mais moi, son amour de la nature, je m'en foutais complètement...

... et sa chlorophylle du slip, pareil.

Je voulais une seule chose : effeuiller aussi la marguerite de Nadia. Alors je l'ai fait et...

C'était pô ce qui était prévu. Mais peut-être que la marguerite avait tout faux. Alors j'en ai fait une autre...

Et puis une autre et encore une et à chaque fois, ces pourritures de fleurs de raclures du slip me rataient la prévision.

Et moi j'aime pô quand on se fout de ma gueule.

Table

titeuf LES ALBUMS

**Toutes les questions
que posent les 9-13 ans
sur l'amour et le sexe,
et toutes les réponses
que cherchent leurs parents
sont dans ce guide.**

Glénat

Trop classe dans ta classe !
2,80 €
tchô!
TITEUF TOP CLASSE !
tchô!
C'est le printemps !
tchô!
UN GIGAPOSTER
TITEUF
tchô!
BIENVENUE DANS LE CYBERCOOL
En vente en kiosque
À lire dans toutes les cours de récré

tchô!
La collec...

par SUPIOT & BAPTIZAT
TOME 5 à paraître

par DAB'S
4 TOMES parus

par BERTSCHY
TOME 4 à paraître

par TEHEM
TOME 2 à paraître

par BOULET
TOME 2 à paraître

par LISA
TOME 1 à paraître

Dans toutes les cours de récré

par l'auteur de *titeuf*
découvre vite

Superprout, Superpadetête et leurs
supercopains vous entraînent dans leurs
superhistoires. Un superlivre pour tout
le monde, même pour ceux qui ne lisent
pas encore superbien.

11€ ttc France

HACHETTE
jeunesse